回望

一个回眸，一点感悟。
放牧心灵，泰然自如。

文山 著

四川大学出版社

责任编辑:曹　琳
责任校对:陈　蓉
封面设计:胜翔设计
责任印制:王　炜

图书在版编目(CIP)数据

回望 / 文山著. —成都: 四川大学出版社, 2016.7
ISBN 978-7-5614-9738-8

Ⅰ.①回… Ⅱ.①文… Ⅲ.①诗集—中国—当代 Ⅳ.①I227

中国版本图书馆 CIP 数据核字(2016)第 176344 号

书名　回　望

著　　者	文　山
出　　版	四川大学出版社
地　　址	成都市一环路南一段 24 号(610065)
发　　行	四川大学出版社
书　　号	ISBN 978-7-5614-9738-8
印　　刷	郫县犀浦印刷厂
成品尺寸	130 mm×210 mm
印　　张	6.25
字　　数	153 千字
版　　次	2016 年 7 月第 1 版
印　　次	2016 年 7 月第 1 次印刷
定　　价	24.00 元

◆读者邮购本书,请与本社发行科联系。
电话:(028)85408408/(028)85401670/
(028)85408023　邮政编码:610065
◆本社图书如有印装质量问题,请
寄回出版社调换。
◆网址:http://www.scupress.net

序　一

作者大学毕业，当过兵，在军队做过宣传理论教育工作。从部队转业到地方后，长期从事国际金融业务，有理论，有实践，有较扎实的基础知识，较好的文化修养，较丰富的生活底蕴。他拿过笔扛过枪，在国内国外都工作过，人生阅历较丰富，视野开阔，思想开放，思路清晰，对事物有较好的洞察力和分析力。他喜爱文学，喜欢诗歌写作。他的这些诗作，是他工作学习生活中的所见所闻所感，也是他对自己人生阅历的一个简要回顾与归纳梳理。诗的语言凝练，句式整齐，意境优美，具有节奏韵律。“军歌声声”回顾了他军旅生涯中的点滴；“海外风情”记述了他在海外工作学习生活的一些见闻；“山水吟唱”抒发了他对大自然的讴歌和赞美；“文墨抒怀”反映了他对中国翰墨书画的热爱和推崇；“人生情怀”表达了他对人生中的一些喜怒哀乐和对家庭事业情感等方面的一些感悟。这些诗歌展示了他人生经历的一个侧面，我们从中也可以看到他人生的一些轨迹，内在的一些思想情怀、人生品味、审美情趣，以及他个人的人生观、价值观和世界观的取向。或许我们也可以从他的作品中获得某些参考、借鉴和启迪。

羊 村

四川省徐悲鸿张大千书画艺术研究院前院长

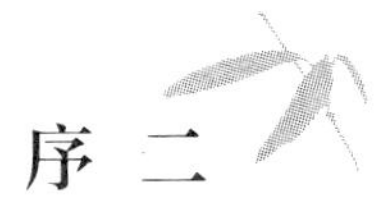

序 二

父亲是一个喜爱读书学习的人。他希望通过读书来改变自己的命运，同时以自己的知识和能力服务社会、报效祖国。学生时代读书刻苦，成绩优异，受到老师和同学们的称赞，从小学、中学到大学，一路坦途，平步青云。工作后，他仍然如饥似渴地学习，不断提升自己的素质和工作能力，在事业上也很成功。退休后，他更是把读书写作当成他的精神食粮、人生的慰藉和寄托。他文质彬彬，书生气十足，但内心情感很丰富，这从他的作品中也可以看出一二。他人生中的喜怒哀乐、酸甜苦辣、成功与失败、顺境和逆境以及人生中的冷暖疏离、悲欢离合等，在他的作品中都有反映。写诗只是他内心情感的一种宣泄，一种业余爱好，一种自我修炼。我们作为儿女，也希望他做他自己想做的事，健康快乐就好。

江雨、雪影

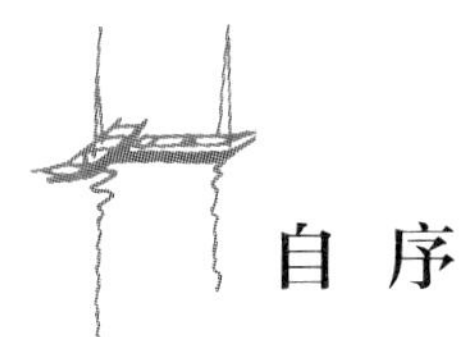

自序

一个回眸，一点感悟。

放牧心灵，泰然自如。

我毕业于北京中央财金大学国际金融专业，毕业后被分配到了云南，应征参了军。我在连队当过兵，在军机关做过助理员、理论教员。生命里有了当兵的经历，是一生的光荣和自豪。改革开放后，我从部队转业到地方，从事金融业务，先后在中国工商银行（以下简称“工行”）的省行和北京总行工作。在总行工作期间，我主要从事外汇资金的交易管理、国际贸易结算、经常项目下的收支以及亚洲开发银行贷款业务等。1995年遵照领导指示，我先后几次率队赴日本为工行在日本发债申请评定信用等级，并为企业筹资代为发行海外日元债券，获得圆满成功，受到各有关方面的认可和好评。为在美国扬基债券市场发行债券，我还奉命率队到美国穆迪公司和标准普尔公司等评级机构申请评级，并获得A-的信用等级，为工行在美国发行债券做了大量前期准备工作。为了拓展国际业务，我曾多次赴海外访问，发展代理行和账户行关系。受总行派遣，我还先后参加了世界银行和国际货币基金组织在西班牙首都马德里召开的年会，在菲律宾马尼拉召开的国际金融研讨会，由日本兴业银行举办的中华人民共和国产业金融研修班，由中国人民银行和世界银行在美国夏威夷联合举办的金融研修班，由世界银行和国际货币基金组织在加拿大温哥华举办的国际金融座谈会，由世行组织的在美国费城的研修学习。1996年10月我被组织派往工行新加坡分行任职。2000年6月任满回国。

从工作岗位上退下来后，我仍坚持看书学习，阅读一些中外文书籍，闲暇时写点诗，做点翻译。我翻译的《亚洲经济周刊》（*Asia Economic Weekly*）上的一篇关于反对贸易保护主义的文章，曾被《国际金融》和《国际贸易》两份全国性重要杂志同时刊载。2014年还应邀为四川徐悲鸿张大千艺术研究院的书画精品集的序言和集子内的书画作品做了英文翻译。脑如池，动则清，滞则浊。活到老，学到老，人生才清醒，生命才更有价值。

文山

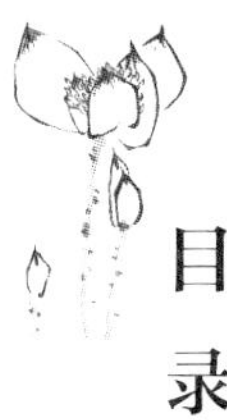

目录

军歌声声

海外风情

山水吟唱

文墨抒怀

人生情怀

回望 Huiwang

军歌声声

携笔从军

登山爱绝顶
追梦喜军营
跨出学校门
携笔去从军

戈笔书壮志
戎马度青春
戍土保家国
军旅写人生

我爱这身绿军装

我爱这身绿军装
威武雄壮有担当
军旗之下我成长
战斗之中我坚强

我爱这身绿军装
笔挺整洁有分量
军旅情怀比天高
军人职责添荣光

我爱这身绿军装
领章帽徽最辉煌
人生理想它放飞
青春记忆它收藏

我爱这身绿军装
走进军营献国防
南疆国门我放哨
无悔青春意气扬

野营拉练

不见硝烟见雪尘
不闻马嘶听风声
云盖岭头千山雪
寒凝大地万水冰

野营拉练铸血性
踏冰卧雪练精兵
沿着当年红军路
我们接力新长征

站　岗

一座岗哨一座山
座座青山直指天
青山与我排对排
我与青山肩并肩

手握钢枪守边关
绿色雕像展威严
如诗如画好年华
写在千里边防线

过罗平

滇北高原雪纷纷
部队拉练过罗平
送来开水和鸡蛋
就像当年迎红军

军旅情怀

回望昔日的军旅
领悟人生的意义
那是成长的仪式
那是难忘的记忆

那是艰苦的考验
那是意志的磨砺
那是激情的岁月
那是燃烧的壮丽

虽然是和平时期
没有战斗的经历
站岗放哨守边防
祖国不会忘记你

考　场

几百里路急行军
漫天雪花伴我行
万水千山作考场
合格答卷交人民

宿　营

寒风刺骨冷
边陲暮色深
宿营山水边
天幕作帐营
大地铺军床
江声入梦境
明日又何处
山高白云深

打　靶

班长教我学打靶
动作要领讲得详
卧倒瞄准扣板机
取弹起身托起枪
按照要领去操作
准心靶心不偏向
颗颗子弹飞出膛
发发打在靶中央
打靶归来歌声飞
心中自豪挂脸上
潜藏已久当兵梦
如今我也会打枪

下连当兵

来到红军连
参观连史馆
英雄洒热血
丰碑写诗篇

既然来当兵
何惧苦与艰
红军精神在
火炬代代传

当兵为打仗
不怕流血汗
血性铸忠诚
肝胆照河山

军营抒怀

昔日儒冠生
书斋弄墨文
纵论天下事
纸上空谈兵

今日入军营
持枪守国门
横刀问天下
热血筑长城

巡　逻

边塞黄昏月色暗
我持钢枪巡边关
一草一木都熟悉
一山一水在心间

军号声声

军号声声传军令
红旗漫卷上征程
边塞夜色寒霜重
昼夜奔袭歼敌人

军营黎明

山上有雾草地上有露
军号声声响彻了山谷
战士跑步来到操场上
口令催着进军的脚步

注：我当兵时所在部队位于云南盘溪的一个山谷中，周围是绵延起伏的山脉，山谷中有一条小河从营房门前流过。清晨当集合的号声吹响时，我们迅速跑步来到操场上，按照口令，踏着整齐的步伐前进……

军营周末

提上竹篮去买菜
手牵小儿出营门
来到农贸菜市场
满街尽是果蔬新

青菜萝卜饵块粑
鸡枞米线干巴菌
宣威火腿黄澄澄
竹筒米饭香喷喷

云南风味样样有
野菜佳肴香四邻
周末合家聚欢言
长歌悠悠吟军营

军垦之歌

千亩荒滩卧龙谷
一湾碧水藏荒芜
芦苇丛中飞白鹭
荒草地里跑野兔

军垦战士不怕苦
垦荒植地变沃土
层层梯田接天碧
滚滚稻浪香四处

丰收歌儿飞满天
欢声锣鼓震山谷
能拿枪杆能拿锄
建边戍边卫疆土

中秋忆边关

和战友侯兴福《中秋节感赋》

彩云之南同暮旦
戍边守土共枕眠
浮云一别军中帐
流水悠悠数十年
昔日军旅情依旧
今日相聚甚欢言
几度梦里回军营
战友中秋忆边关

附：

中秋节感赋

侯兴福

玉兔寒蝉桂影幽
中秋团栾照九洲
阴晴圆缺寻常事
悲欢离合时常有
人间英杰思玉宇
嫦娥寂寞恨琼楼
天柱孤危忧惧折
千里婵娟世所求

江城子·游目骋怀

和战友侯兴福《江城子·缅怀》

风物长宜放眼量
牢骚盛
防断肠
退后一步
天高水亦长
世间悠悠多少事
何苦恨
勿忧伤

浮云飘飘何所似
来匆匆
去茫茫
人生苦短
何须论短长
游目骋怀观天下
登高望
心宽广

372潜艇赞

潜艇掉深遇断崖
大洋深处遭恶险
生死决绝三分钟
临危不惊挽狂澜

钢铁丛林藏杀机
围追堵截来侦探
霸权主义挑事端
不要和平要暗战

大洋黑洞再出发
迎接深海大考验
太平洋上不太平
一屋不扫心不安

注：2014年看中央电视台新闻报道372潜艇英雄事迹有感而作。

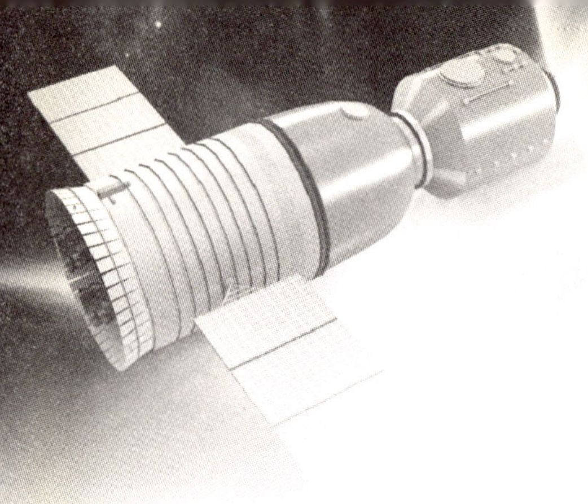

神舟问天

神舟飞船坐火箭
腾空碧霄惊广寒
摘星揽月中国人
飞向太空去问天

银河亮起中国星
全球都在注目看
民富国强中国梦
世界各国赞华年

注：为我国载人飞船发射成功而欢欣鼓舞，为祖国的日益强大感到骄傲和自豪。

军队反腐赞

军队反腐一把剑
大小军贪原形现
军队不是藏身地
重拳出击手不软

旗帜鲜明反腐败
整军治军为了战
强军护航中国梦
扬鞭策马未下鞍

边　关

一座大桥跨两岸
中间就是国境线
持枪站在哨位上
守卫和平与安全

两国边民常来往
边境贸易很频繁
鸡犬之声听得清
饭菜酒香飘两岸

两岸同饮一江水
两国门户面对面
不见硝烟见炊烟
山山水水紧相连

界　碑

人困马乏山已暝
大山深处扎下营
一夜风雨浸衣被
天未破晓又起程

用笔再添一道彩
中国二字更鲜明
界碑就是生命线
领土主权在我心

第三艘052D入列

碧海蓝天三亚湾
悬挂旗满新躯舰
入列海军添重器
神盾出发又扬帆

不怕敌人挑事端
强我国防意志坚
万里海疆任驰骋
乘风破浪再向前

南海前哨天涯兵

云舒浪卷海天平
绿树银滩三沙新
红旗导弹扬国威
警告敌人别挑衅

飞机战舰巡南海
滴水寸土都神圣
南海前哨天涯兵
万里海疆一长城

铁甲女兵

高原女兵驾铁甲
练兵场上开铁花
战车驰骋红尘飞
红尘恰似铁花洒

注：看中央电视台报道云南高原我军某装甲旅女兵驾铁甲训练，为此而作。

贺中国航天日

东方红　如洪钟
拉开序幕响太空
两弹一星强国力
神舟飞船问天宫
浩瀚宇宙探奥秘
月球火星攀高峰
中国梦　航天梦
谱写新篇添恢宏

注：2016年4月24日为中国航天日，为祝贺而写。

元旦大礼包

元旦礼包不一般
全国人民喜心间
国产航母要下水
陆海空箭战略添

中国人民不怕鬼
围追堵截只等闲
东方巨龙崛起日
巍巍中华谁敢犯

注：2016年元旦感悟。

海地大地震五周年祭

悼八名中国维和警察殉职

八一军旗添英名
血染风采铸军魂
大海扬波致哀悼
高山肃穆祭忠诚

中国警察维和兵
海地维和献生命
祖国人民呼喊你
永垂不朽八英灵

村　长

他是地震中的一根梁
撑起的是百姓的希望
他布满风霜的脸上
满是坚强
他长满老茧的双手
满是力量
他沾满黄土的肩膀
满是担当

他那双疲惫的眼睛
满是坚毅的光

首长要我写篇报道
把村长的事绩宣扬
他高大的形象
像耸立的大山
他无私的心灵
像宽广的海洋
我一边写一边想
这里才是大学的课堂
泪水模糊了我的眼睛
也浸湿了笔下的纸张

海外风情

回望 Huiwang

俯瞰巴黎

透过机窗看巴黎
豪华都市收眼底
朵朵彩云如轻纱
宛如飘动的诗意

高低起伏楼林立
若隐若现显神祕
历史画卷展风貌
千年建筑传记忆

塞纳河水过巴黎
像是流动的旋律
浪漫都市多柔情
演绎豪华与美丽

注：1995年参加了由世界银行和国际货币基金组织在西班牙首都马德里召开的年会，会后顺访巴黎。

巴黎卢浮宫观感

一座辉煌的宫殿
吸引万千的眼帘
它是巴黎的荣耀
也是世界的遗产

馆内藏品四十万
件件都是稀世篇
价值连城从何来
万千耕耘觅一件

注：1995年访法时曾参观巴黎卢浮宫，馆内藏品高达四十多万件，几乎都是稀世珍品，价值连城。这些藏品都是艺术家们用心血在艺术园地里长期辛勤耕耘的杰作，流传千秋，享誉世界。

访日本京都岚山

读周总理诗碑《雨中岚山》有感

京都岚山读诗碑
心事浩茫襟沾泪
呕心沥血好总理
鞠躬尽瘁万古垂

注：我曾于1995年去日本公干，顺访京都，读了周总理诗碑，感慨万千。周总理诗碑位于日本京都西北岚山山脉的龟山公园。1917年9月周恩来东渡日本留学，1919年4月在一次游岚山时撰写了《雨中岚山》。1979年1月22日，由京都各日中友好团体和知名人士联合倡议，成立了“周恩来诗碑筹建委员会”，4月16日诗碑落成。

附：

雨中岚山

雨中二次游岚山，两岸苍松，夹着几株樱。
到尽处突见一山高，流出泉水绿如许，绕石照人。
潇潇雨，雾蒙浓。
一线阳光穿云出，愈见姣妍。
人间的万象真理，愈求愈模糊。
模糊中偶然见着一点光明，真愈觉姣妍。

东京印象

高架立交空中横
汽车穿城又穿云
寸土寸金都珍贵
地上地下两东京

曼谷游

湄南河畔灯光明
不见当年小渔村
高楼大厦如林立
车水马龙似流萤

人称东方威尼斯
河道纵横商贸频
购物天堂美食多
世界著名旅游城

注：1999年10月访泰国曼谷见闻。

访威尼斯水城

久闻威尼斯
今访水上城
上帝千滴泪
化作一湾情

城在水上浮
船在城中行
舟船作公交
水网贯纵横

夜晚灯光亮
犹如天上星
枕着大海睡
彻夜听涛声

马六甲海峡

日照水生烟
落霞铺红毯
海鸥峡上飞
鱼儿浪里闲

一峡锁东西
万千竞逐帆
波推两洋涛
浪击三国岸

海上咽喉道
运输很频繁
建设新丝路
世界同期盼

一带一路

一带一路绘蓝图
陆上海上新丝路
五洲四海龙飞跃
天下为公谋共富

一街犬吠

一街犬吠闹夜深
左邻右舍难安宁
是鬼是狗全不怕
难阻健康睡眠人

鬼子野狗组联盟
霸道行径太过分
蚍蜉撼树谈何易
螳臂挡车自掘坟

离别新家坡

星岛一夜听涛声
异客明日将远行
滔滔海水缠缠意
皓皓明月绵绵情

昔日受命赴南亚
今日任满归国门
蓝天挥手道别离
白云飘飘又一程

注：1996年东南亚爆发金融危机，我受命赴中国工商银行新加坡分行任总经理，2000年任期届满回国时所写。

伦敦大笨钟

泰晤士河伴着钟声
交响吟唱古典文明
文化曲谱历史写照
音色悠扬声调自豪

百岁高龄屹立不倒
准点报时不差分秒
夜幕落下灯光亮起
楼顶钟声唱响云霄

科罗拉多河大峡谷游记

大峡谷是一道超凡脱俗的风景
在山的崛起和地球引力的对抗中诞生
科罗拉多河是运载的工具
它创造了伟大的神圣
峡谷深邃寂静无声
听不见河水的咆哮
闻不到三角叶发出的鼓掌声
这寂静是一首深沉的诗
它是万物生长的宁静

每天上万游客怀着好奇心
从美国和世界各地
来到这个大自然雕琢的神圣
表达他们无限的虔诚
大峡谷像一首美妙的乐曲
演绎出最动听的旋律
让来自世界各地的游客
倾听大自然跳动的心灵

注：1993年赴美公干时访美国科罗拉多河大峡谷，为它的神奇壮观而震撼。

访奥斯汀

北上达沃斯
南下休斯顿
原籍墨西哥
今为美国城
比肩硅谷市
号称硅山城
教育放异彩
音乐享盛名

注：2006年10月作于美国得克萨斯州首府奥斯汀。

得州望月

站在得州看夜景
天高云淡月光明
旅人异域思故国
漠漠大洋海天横

抬头望月月在顶
移天万里随我行
他乡再好是他乡
月亮还是故乡明

注：2006年10月赴美探亲，曾访美国得克萨斯州首府奥斯汀，有感而发。

巴黎夜景

埃菲尔塔出空立
登上塔顶看巴黎
一片灯海照夜空
巴黎犹在银河里

夏威夷环岛游

大小岛屿一百余
群岛统称夏威夷
太平洋上一明珠
世界著名旅游地

气候温和宜人居
美味就从海里取
音乐就听浪拍岸
散步就到椰林里

环岛旅游览胜多
金色沙滩铺脚底
蓝天白云头顶过
晚霞映在归途里

千船万帆逐浪行
浪来浪去各东西

太平洋上不太平

行船警惕暴风雨

注：1994年曾赴夏威夷参加由中国人民银行和世界银行联合举办的国际金融研修学习。夏威夷是美国第五十个州，地处太平洋中部，四面环海，气候宜人，环境优美，素有旅游天堂之美誉。

访柏林墙

一道柏林墙

敌对半世纪

冷战虽结束

墙幕仍依稀

注：1994年因公访德国柏林。镌刻着冷战符号的柏林墙已经拆除，东德和西德已合拼在一起，旧墙体的位置已铺成了柏油路。为了记忆历史，还保留了一部分旧墙体。

夜泊旧金山

一湾边城旧金山
万盏灯光照海湾
星空落在大海里
山城浮在夜空间

金门大桥似彩链
挂在海天云水边
九曲花街添光彩
龙头向海尾朝天

渔人码头海鲜多
天使岛上游客欢
今夜泊宿三藩市
梦里依旧是故园

注：旧金山，又称三藩市，是美国加利福尼亚州太平洋沿岸城市，是世界最重要的高新技术研发基地和美国西部最重要的金融中心，也是世界著名的旅游地。主要参观景点有金门大桥、九曲花街、渔人码头、金门公园、联合广场、天使岛、硅谷、唐人街等。

访拉斯维加斯

沙漠戈壁地
清水酿绿洲
引来淘金热
荒漠变富有

灯光如流火
装点不夜州
迷途羔羊们
欲望几时休

访马尼拉

国际商埠马尼拉
面貌古老又年轻
几度变换大王旗
东西合璧著文明

日落大道南北伸
建筑风格很新颖
站在大道看落日
金色晚霞抹屋顶

罗马大教堂

欧洲罗马大教廷
十字结构拱圆顶
圣者雕像很鲜活
生命永恒最神圣

注：1995年访意大利，曾参观梵蒂冈罗马大教堂。

过阿拉斯加

天寒地冻很苍凉
地下埋有大宝藏
沙皇有眼不识珠
卖得银两解饥肠

白令海峡一道墙
如今只能隔峡望
阿拉斯加千古恨
万条罪责问沙皇

注：1995年赴美公干，曾途经阿拉斯加，并在其首府国际机场停留一个多小时。阿拉斯加是一块长年冰雪覆盖但又十分富饶的土地，战略位置也十分重要。阿拉斯加现为美国第49个州，面积170多万平方公里，占美国国土面积的20%，人口108万，首府为朱诺。阿拉斯加在18世纪到19世纪中叶曾为沙俄所有。1867年时任美国国务卿的西华德用720万美元买下了沙皇为解钱荒而抛售的这块土地。又一个半世纪过去了，失地难收，这块土地成了俄罗斯人心中永远的痛。

访西班牙

伊比利亚高山国
南望非洲摩洛哥
扼守海峡咽喉道
东西海域很辽阔

海上强权殖民多
依靠炮舰搞掠夺
斗转星移今何似
西欧门户门寥落

注：1994年访西班牙，出席由世界银行和国际货币基金组织在西班牙首都马德里召开的年会。西班牙位于西南欧伊比利亚岛，由于地势较高，故又被称为高山国。它南隔直布罗陀海峡，与非洲摩洛哥遥遥相望，濒临大西洋与地中海，地理位置十分优越。15世纪曾是西欧海上强国，拥有众多殖民地。于16世纪末叶、17世纪初开始走向衰落。

访卢森堡

北高南低似芭蕉
城堡林立连战道
三国环绕它居中
战略位置很重要

钢铁工业是支柱
金融中心地位高
葡萄美酒享盛誉
精美建筑人称道

注：1995年率工作组赴卢森堡高等法院参加关于某跨国银行清盘的听证会。卢森堡位于欧洲西北部，被法、德、比利时三国环绕其中，是一个内陆小国，首都是卢森堡市。国土小，古堡多，又称千堡之国。地势险要，一直是西欧的重要军事要塞。卢森堡工业发达，也是欧元区内最重要的私人银行中心及全球第二大的投资信托中心，钢铁、金融、广播电视是其三大支柱产业。

山水吟唱

回望 Huiwang

都江堰

高大雕像入眼帘
壮志凌云似当年
战风斗浪锁急流
要叫江水听使唤

兴修水利都江堰
灌溉锦官万顷田
造福子孙流万代
父子功名千秋传

青城晨雾

青城晨雾似有意
绕着青山情依依
初日斜眼送秋波
雾霾躲进白云里

小屋孤灯

青城山晚鸟欲栖
叽叽喳喳枝上啼
云雾山中有居人
小屋孤灯无人语

古镇黄昏

雨横风狂六月天
青城山深雨如烟
泰安古镇黄昏暮
灯红酒绿歌舞欢

腊肉野菜香喷喷
逗得游客口水馋
划拳击掌开怀饮
青山已睡人未还

注：2014年7月于青城山。

游青城山飞泉沟

飞泉沟水落崖壁
林木苍翠浓欲滴
木桥铁索陡峭险
游人兴甚不忍离
小亭林荫送凉意
土豆烤肉香入鼻
登上白云山顶时
日光已近西岭壁

注：2014年7月于青城山。从飞泉沟往上攀登，一路上，林木苍翠，清露欲滴，道路崎岖，陡峭险峻，小亭林荫，凉风习习，土豆烤肉，香气扑鼻，游人兴甚，下仙境，络绎不绝。青城幽深，天下仙境。

秋　夜

秋风萧索日渐寒
夜来已觉凉被单
梦里依稀见故人
月照窗花忆流年

雨中游青城山

石头公司游青城
林间烤肉香喷喷
爬山何惧雨湿衣
云雾山中寻开心

锦江春歌

青山花木秀
锦江草色新
林荫掩新楼
草坪绿门径

千门含日丽
万户听鸟鸣
我在郊野外
独吟大地春

蓉城三月

蓉城三月寒未尽
时有冷雨断人行
不是太阳不出山
而是云霄遮日晴

贺三八节

虽然天阴但无雨
夕阳照水露晴意
春光明媚迎三八
健康快乐送给妮

过深圳

南海边上小渔村
老人画了一座城
改革开放换新貌
春天故事讲到今

注：2013年4月于深圳蛇口。深圳蛇口曾经是一个小渔村，改革开放后，作为特区，大量引进外资和先进技术，经济及城市建设飞速发展，从一个小渔村变成了高楼林立、车水马龙的现代化城市。

游览大观楼

茫茫滇池五百里
浩浩烟波接天碧
墨客骚人览胜多
吟诗作歌留佳句

大观楼上题长联
万树梅花一布衣
一生未仕虽清贫
才气过人盖天地

注：大观楼始建于清康熙年间。大观楼长联为孙髯（1700—1775）所写。孙髯一生未仕，一生清贫，著述甚多，自号“万树梅花一布衣”。晚年孤居弥勒，死后葬于云南弥勒县城西。

春　雪

二月飞雪报春早
化作雨水浇春苗
莫怨春天来得迟
遍地桃花枝枝俏

吟　竹

生来就有志
成长节节高
胸怀若虚谷
坚劲且高挑

狂风吹不折
冰雪压不倒
骨节很坚韧
宁折不弯腰

早春二月

二月阳光驱雪化
带着清水到低洼
大地梦醒迎早春
薄晓黄莺唱万家

登长城

万里长城万里雄
一级一级上苍穹
登上长城四下看
东方崛起中华龙

北京颐和园

万寿山上殿阁峭
昆明湖里游船跑
长廊画卷映山色
湖岸石舫水波摇
十七孔桥卧石虹
满山松柏林荫道
身在画中山水动
悠然自得脱繁嚣

北京故宫

红墙宫内紫禁城
殿阁辉煌惊世闻
皇家养性后花园
万门重重锁百姓

皇家已去城犹在
如今百姓皆可进
故宫本是百姓修
红墙绿树归人民

北京圆明园

一代精华国之宝
八国联军纵火烧
残垣断壁痛泪流
民族屈辱恨难消

帝国主义是强盗
烧杀抢掠罪难逃
强我中华齐奋起
保家卫国须磨刀

北京十三陵

群山环抱十三陵
小河蜿蜒绕地寝
风水龙脉都占尽
皇家墓地成风景

京密运河

密云水库开了闸
沿着运河进京华
一条玉带绕北京
清水流进千万家

登嘉峪关

登上嘉峪关
苍茫云海间
曾是征战地
不见有人还

抬头望边邑
倭寇窥海湾
钓岛风云急
弯弓箭在弦

香山秋色

站在香山四下看
无边枫叶似火焰
点燃秋色一片红
红叶飞焰欲横天

风过枝头红叶飞
好似蝴蝶舞翩翩
我愿化作一片叶
人生之秋莫伤感

桃花咏

江岸桃花枝枝红
风吹片片落水中
随波逐流飘然去
树上不留水上流

吟 柳

秋来柳丝黄
起舞亦风光
绿柳唱春日
黄柳吟秋阳

黄绿都是彩
世界须多样
一彩不是景
百彩才万象

同学会

离别校园数十年
天南地北不相见
今日见面似不识
姓甚名谁称呼难

相谈甚欢情依旧
长歌悠悠吟故园
曲尽人散意未尽
你我后会又何年

注：2014年10月29日于北京中央财经大学。

水上人家

漠漠海上点点帆
归舟返棹影翩翩
渔歌声声相呼应
万缕情牵系港湾

注：2013年5月1日于海南三亚。

春　播

大地回暖春荡漾
人欢马叫耕种忙
粒粒种子长新芽
撒播一片新希望

庆元宵

爆竹声声庆元宵
大人小孩兴致高
冲天花炮放异彩
欢天喜地迎春潮

春　耕

春风吹开千山翠
日彩照耀万柳新
和暖春光催万物
山乡农家忙春耕

三亚湾夜曲

日落天涯远
月上海角畔
风动回头岭
波摇三亚湾

海上生夜凉
星落万杆帆
沙滩游人织
双照落月前

注：2013年5月1日于海南三亚。回头岭指鹿回头山。傍晚，漫步沙滩，海风习习，浪涛拍岸。晚霞飘向遥远的天边，月亮从海面徐徐升起，港湾灯火绰绰，犹如星光闪闪，沙滩上游人如织，月下人影摇摇，犹如一首动人心弦的夜曲响彻在中国最南端的天涯海角边。

雨　丝

千条雨丝空中飘
化作江河万顷涛
涛声不断歌不歇
奔向大海谱新谣

川江号子

三峡纤夫踏歌行
川江号子好歌声
歌声顺着江水走
大江南北都流行

过三峡

船推江水浪推船
悠悠漫漫三峡滩
两岸青山排队迎
游客一路江上看

注：1979年1月，赴武汉中国银行学习，从重庆朝天门码头坐船顺流而下，途经三峡，江面狭窄，滩险流急，两岸青山，出空而立，山水风光蔚为壮观，令人目不暇接，心旷神怡，因此有感而发。

擂鼓坑

瀑流击潭如鼓鸣
古称此潭擂鼓坑
飞空烟雨十里外
点染巴山处处春

注：擂鼓坑是我家乡的一条河流形成的瀑布，每遇涨水时，烟雨飞溅，击水如雷，远近闻名，时有游人前来观赏。

楼台听蝉鸣

楼台听蝉鸣
犹闻琴弦声
不解弦中意
唱给何人听

夜来潜入户
惊醒梦里人
一曲流水调
唤起多少情

注：写于2012年中秋节。

金沙遗址秋吟

秋水潺潺绕城西
锦城郊野绿草碧
古蜀王国今何似
金沙遗址留胜迹

茅草石屋已不见
高楼大厦如林立
犀牛羚羊亦成古
羊犀大道车流急

注：金沙遗址位于四川省成都市城西苏坡乡金沙村，分布范围约5平方公里，是公元前12世纪至公元前7世纪长江上游古代文明中心古蜀王国的都邑。金沙遗址与成都平原史前城址群、三星堆遗址、战国船棺墓共同构建了古蜀文明发展演进的四个阶段，是成都平原长江上游文明起源的中心。2004年至2007年，在金沙遗址原址上建立了金沙遗址博物馆。

游邛崃西岭雪山

城西去百里
即至西岭峰
登上雪山顶
迎来西北风

天空飞雪花
树枝挂银凇
池塘明如镜
天光云影动

午时到农家
先解饥肚空
满桌饭菜香
山珍野味浓

峨嵋山顶观云海

峨嵋山顶观云海
云涛滚滚奔眼来
一轮朝霞万道彩
千山破雾迎日开

登峨嵋山

欲登峨嵋山上观
草木露水湿衣衫
山中流泉洗客心
山势秀美似神仙
山雾蒙蒙似轻纱
游人就在云里攀
崖上佛光照佛坛
佛山赐福佑平安

李白故里观灯展

太白公园观灯展
满湖龙灯星一片
一盏龙灯一首诗
盏盏都是新诗篇

新春江油行

新春访江油
欲拜太白仙
诗仙今何在
相期邈云汉

如今故里人
个个是诗仙
山水当笔墨
又在写新篇

采桑子·永恒

秋风无情吹花残
落入泥土
化作新芽
来年枝繁又昂然

生生不息根不断
冬去春来
日出日落
永恒不灭是自然

乌 鸦

乌鸦知时令
舞动北京城
万只落校园
国门添新景

注：2014年12月5日中央电视台新闻报道万只乌鸦落在北京师范大学校园，景象壮观，百年少见，有感而作。

垂　钓

青山绿水我放杆
无忧无虑自悠闲
太阳走了月亮来
我邀明月作个伴

一只鱼儿咬住钩
拉着月亮满河转
垂钓非图鱼味美
只为放歌山水间

静夜箫声

夜色阑珊更已深
我坐灯下觅诗文
忽闻一阵箫笛声
如怨如诉是何人

今夜月明自多情
笛声悠悠动人心
我寄小诗与笛者
问君箫笛为谁鸣

黄　昏

云断雨歇凭栏望
锦官城外萧索凉
寒风乱我满头发
日暮黄昏触情伤

注：2009年11月26日夫人逝世周年祭。

云

云在天上四处游
不顾地上草木忧
久旱不雨禾苗枯
洒片云雨解忧愁

马　灯

车上挂着小马灯
萤光闪闪露微明
四周黑暗照不破
只听鞭儿一声声

吟　梅

摘回一支梅
含苞花未醒
进家才几日
梅开满屋春

里外两重天
腊梅不同景
不与春争俏
只为人争春

荷塘月色

横生池塘泥沼中
满天月色照绿蓬
蛙声一片闹荷塘
荷风香气醉夜空

农家炊烟

日落西岭半斜红
月上东山一树松
巴山农家炊烟起
饭菜酒香乡味浓

游江油圌山

登上圌山顶

寺庙香火明

山间走钢丝

胆大惊人心

暮　春

时晴时雨总变天

时冷时热踏春难

阳春三月匆匆过

要赏春光待来年

春　归

春风吹开山乡门
喜鹊吟唱枝头春
老人扶杖候儿归
孩童翘首盼母回

去年二月冰未消
大年刚过就出门
三百多个日和夜
望穿秋水不见人

一年一度春运潮
潮起潮落年年春
亿万民工盼团聚
归来归去岁岁心

青城功夫

轻身如燕林中飞
硬掌如铁顽石碎
以静制动张内力
攻防兼备展精髓

千古青城道源庭
青城功夫传密承
拳道合一武入源
弘道利生造福民

注：2002年5月于青城山观展演而著。

香港海湾夜景

天际一百向下看
维多利亚点点帆
湾边高楼如林立
灯火闪亮照海湾

惜　春

春光明媚万物生
踏青赏花惜时辰
花开花落终有尽
莫待春去才苦寻

黄莺与杨柳

黄莺枝上鸣
杨柳弄风韵
虽然不同类
触景也生情

落　景

萧萧风来寒
苍苍山色荒
落景无人赏
枯叶无流芳

出　游

出门赏风景
山水最亲近
陶然忘繁世
长歌吟流云

蜀南观竹海

蜀南观竹海
意在看七彩
泉瀑飞彩虹
忘忧观云台

庐山蒋公馆

庐山好景观
最数蒋公馆
抗日烽火急
总裁卧林间

访梓橦张飞林

张飞林里古柏多
参天大树杆壮硕
好似桃源刘关张
留得忠义照山河

云南石林

天工雕琢石森林
南天砥柱入青云
曲径幽深如迷宫
千姿百态似仙境

云南风光

彩云之南山川美
丽江坝里孔雀飞
泸沽湖边观湖景
滇池龙湖青山翠

金沙江上听船歌
大理古城品茶美
玉龙雪山白云飞
边塞风光惹人醉

大理古城

大理三月柳如烟
三月街前闲浏览
云绕苍山山欲隐
风过洱海浪涟涟
古城塔影映柳池
风花雪月情意绵
满目琳琅是盛景
谁把仙境留人间

夜宿西湖

夜宿灵隐东楼中
月色栏杆空蒙蒙
梦里依旧是西湖
醒来山寺听晓钟

秋　雨

立秋一场雨
洗得千山苍
秋收连秋播
金黄盼绿装

立　冬

立冬不见风雪寒
宛若立夏五月天
天府大地阳光暖
锦江两岸歌舞欢

吟　蜂

蜂儿遍地飞
采来菜花黄
问你为谁苦
问你为谁忙

只为春光美
苦留春不放
只为生活甜
忙碌把蜜酿

吟　菊

秋深百草冷
独有菊花香
一花领风骚
百花落荒凉

腊味飘香

霜后竹林翠
大雪梅花香
家家腌腊肉
年味飘出窗

霜 降

昨看秋露水
今见霜凝重
秋天到冬天
仅在一宵中

南岭秋未尽
仍见枫叶红
北山冬寒来
枝头空摇风

访青城山药王庙

药王庙里祭药圣
香火袅袅入青云
一代药王孙思邈
万古流芳垂青名

逝去千年精神在
百姓心中有碑文
不分君臣与百姓
救死扶伤为众生

泪 水

捕猎时被羚羊的尖角刺伤
母豹痛苦无力地倒在地上
年幼的小豹眼里噙着泪水
发抖地站立在母亲的身旁
不时用它那刚萌生出的角
抵着刚死去的母亲的颈项
想推着母亲重新地站起来
可母亲永远躺在了草地上
不时地用它那流涎的舌头
舔着刚死去的母亲的乳房
乳房里已挤不出一滴奶液
吞下的是吮吸不尽的悲伤

注：看中央电视台《动物世界》有感而作。

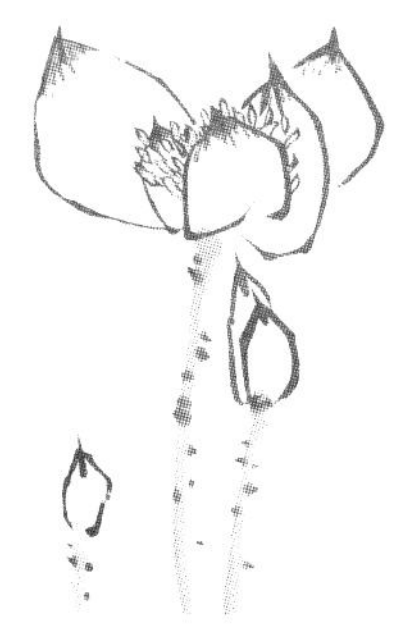

生　命

鲨鱼横行欺弱小
凤尾沙丁有高招
灵活机动避锋芒
生存斗争战术高

物竞天择育生命
弱肉强食天之道
海洋世界很绚丽
繁衍生息多惊涛

注：看中央电视台十台《生命》栏目有感。

山泉吟

常在山涧走
摸着石头行
千回百转折
从不改清心

流进田野里
灌溉禾苗青
汇入江河水
也能起涛声

冬　雨

冬雨淅沥润百草
甘为春天站前哨
生命藏于泥土中
铺条春暖花开道

冬　至

冬至天气凉
羊肉汤锅香
家家餐馆满
食客排队忙

老　牛

颈子上套着一个枷
它拖着沉重的犁耙
一步一步向前走着
横竖没有说一句话

黄荆条子晃来晃去
不知鞭子何时落下
它沉重地低垂着头
眼里噙着点点泪花

落　叶

满山绿叶变枯黄
秋风吹落成泥壤
不是秋风无情义
自然轮回是沧桑

葬　花

风吹雨打无人问
残花落泥细无声
无人葬花花自尽
留下清白待来生

星星点灯

星星点灯照亮回家的人
回家的人像归巢的雁群
万辆摩托车组成的大军
跟着月亮星星一起飞奔

星星点灯照亮回家的人
回家的人像流动的浮云
飘来飘去总是那份乡情
盼大年三十的团聚温馨

注：作于2015年2月春节。

摩托大军坐高铁

岁末新年思乡切
山高路远难阻隔
去年返乡骑摩托
今年回家坐高铁

纵横南北与东西
四通八达更便捷
日新月异山河变
祖国强盛龙飞跃

注：作于2016年2月春节。

游江油观雾山

涪江六峡映初阳
观雾山落水中央
六峡静卧荒芜中
一朝崭露惊四方

三峡六峡南北望
江上轻舟载客忙
六峡涪江嘉陵江
一脉相承到大洋

注：六峡位于江油市观雾山，由六条小溪峡组成，故称六峡。六峡经涪江、嘉陵江流入长江。六峡清波荡漾，风景如画，像六条绿色的彩带缠绕在群山之间，如长江小三峡一样清波渺渺，出神入化。它与长江小三峡犹似一对姊妹峡。

清　心

高山悬崖飞流泉
谷地林壑飘雨烟
飞空溅沫湿我衣
清心自然赛神仙

月　下

月光如水柳如烟
绿草茵茵意绵绵
偎在月下醉在怀
青春少年情似天

渔　舟

青山绿水听橹声
一叶渔舟江上行
渔人逐水追鱼走
恰似天边一缕云

病　房

病房里漫着一片云
云里藏着几分忧伤
白衣天使走进病房
好像飘来一缕阳光

天府永宁春光

深居简出少见闻
今见郊野满目春
遍地菜花蜂蝶飞
永宁处处赏花人

游养马峡

养马峡里休闲居
九月秋凉游人稀
小溪淙淙石上流
一夜犹听山雨急

山乡马帮

天未破晓人已醒
山乡马帮上路程
鞭子声声催马急
农副产品出山门

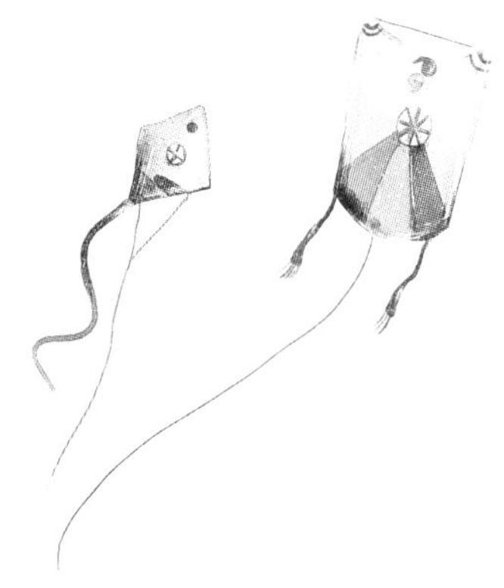

风　筝

手中一根线
连着地和天
一头是风筝
一头是手心
风筝飞到哪
都在掌控间
想它飞太高
又怕断了线
想它飞太远
又怕看不见
风筝像孩子
飞不出视线
天下父母亲
如同放筝人

春的脚步

春的脚步走进田野
雪静静地化成了水
渗进了沉默的土地
滋润那春芽的崛起
被封住歌喉的小河
重又变得歌声嘹亮
冰像败叶一样飘走
撞碎在春的河沿上

柳丝开始染上新绿
迎春花儿吐出芬芳
风吹进大地的胸膛
山林已换上了春装

满山满谷都是春天
布谷鸟唤醒了村庄
农民忙着耕耘播种
期待一片秋的金黄

春　野

春风吹绿了柳树的枝条
田野的作物长出了青苗
昨天还盖在地上的白雪
今天已化作泥土的养料

春　雷

惊蛰的春雷带着雨声
从密云深处呐喊而来
呼大地回暖万物苏醒
唤生命舒展纵横驰骋

回望 Huiwang

文墨抒怀

薛　涛

家贫门微受人轻
十六沦落乐妓身
坎坷人生不平路
几度贬逐边荒城

人微不淹芳华美
诗才横溢压众星
暮年绝唱《筹边楼》
托意深远万古名

注：据史料记载，薛涛之父薛勋在京官居下品，安史之乱后其妻裴氏随之入蜀，在成都生下薛涛。不久因父卒、家贫，年仅十六岁的薛涛遂堕入乐籍。因貌美才高，不久便芳华四射，名动一方。在唐代的女诗人中，薛涛名列前茅。自古红颜多薄命，因惹怒权贵，她几次被放逐边荒松州。大和五年（831年），红颜已去，年届六旬，作《筹边楼》，此为绝唱，次年即告辞世。

荒　萤

薛涛自喻荒芜萤
期月垂光夜照应
哪知云霄遮望眼
信息不传空自怜

置身边荒陷孤零
寒风细雨痛彻心
欲脱囹圄归思切
屋檐底下矮三分

落眉才女

读薛涛诗《罚赴边上武相公二首》有感

罚赴松州似流萤
人在边荒无人问
待到它日归舍时
朱黄绝唱《筹边楼》

人面桃花几时鲜
红颜散尽人不看
落眉才女何所似
飘飘渺渺一云烟

注：元和元年（806年）秋，高崇文平定刘辟之乱，次年，武元衡继高崇文任西川节度使，薛涛献诗给武元衡，遂得以释回。

附：

萤在荒芜月在天，萤飞岂到月轮边。
重光万里应相照，月断云霄信不传。

按辔岭头寒复寒，微风细雨彻心肝。
但得放儿归舍去，山水屏风永不看。

苏东坡

站在赤壁矶头望
大江东去心茫茫
安石变法唱反调
被遣贬黜逐黄岗

与客泛舟赤壁下
把酒临风赋诗章
前赋后赋洗万古
陶然忘忧心舒畅

注：读苏东坡《赤壁赋》有感。

诸葛亮

三顾茅庐为求贤
辅佐蜀皇安江山
足智多谋诸葛亮
运筹帷幄一羽扇

蜀皇刘备墓

刘备墓丘遗武侯
卧看江水付东流
素以成败论英雄
三国演义说千秋

观画展

应邀观画展
浏览艺术苑
笔下精气神
尽现山水间

纵笔歌盛世
泼墨展宏愿
文澜汇五洲
艺海聚才贤

吟书法

挥笔纸上走
墨海驾行舟
时而在浪底
时而在浪头
气助笔力生
神添字迹秀
个性笔中见
人生字里有

李白故里画展

题　展

圌山横北岭
涪水绕江城
造化生灵秀
故里忆诗魂

茶马古道

题　画

云雾古道深
万壑斑马鸣
天路连西域
往来通古今

为战友广恒组画题

题六幅组画

梯田彝寨似江南
熊猫青竹意自闲
溪山春色江柳绿
松涛万顷听风泉
茶马古道通西域
飞瀑银河落九天
墨上气宇山水秀
笔下神韵追大千

为战友广恒家乡壁画题

题　画

画墙无声心有声
树荫照水诉乡情
一笔一画都是爱
一山一水都醉人

为战友广恒元阳梯田画题

题　画

云绕青山哈尼情
幽谷流水洗人心
苍山披上千林翠
梯田装满万里云

中秋赏月

中秋月儿圆
宝镜飞天看
玉兔弦外落
嫦娥琼楼见

云宫寂无声
人间歌舞欢
听歌赏明月
万家灯火灿

中秋感怀

年年中秋看月圆
举杯邀月歌舞欢
莫叹人换月不换
今朝有月今朝看

小屋抒怀

小屋自有文墨香
笔下涌流大江浪
管他春夏与秋冬
闭门静心写诗章

北上抗日

题　画

云深雾重天苍苍
山高水险路茫茫
红旗招展映天地
抗日队伍正北上

墨　情

长安街上卖字人
游走江湖书墨情
挥洒笔墨作耕耘
艺术苑里度人生

题画展

悲鸿大千仰百代
文澜墨海传千秋
继往开来绘新图
挥毫泼墨颂神州

读李白《古风》有感

李白《古风》赞鲁连
意轻千金自清廉
古往今来淡泊人
名利得失从不看

墨　苑

墨苑花开几时香
七里紫罗几回放
猫咪燕儿今何似
西山犹听墨苑唱

天安门观升旗

天刚蒙蒙亮
早早起了床
赶到天安门
人潮如海洋

东方吐鱼肚
天边露霞光
战士雄赳赳
正步走进场

迎着旭日升
五星红旗扬
祖国如朝霞
蒸蒸正日上

腾飞中华龙
崛起耀东方
实现中国梦
我们同开创

中秋思月圆

唐诗宋词看秋天
月冷风清愁夜眠
玉兔寒蟾桂影孤
人间尽望思月圆

注：读张路平女士微信《行走在唐诗宋词的秋天里》有感。

观《蜀风秋韵》书画陶艺展

蜀风秋韵观画展
名家名作出新篇
陶艺古董添新意
墨海艺苑多亮点

注：参观四川省徐悲鸿张大千书画艺术研究院2015年10月秋季成都陶艺书画展有感。

满江红·雪耻

甲午海战
百年国耻何日雪
卢沟桥
日本侵华
烧杀抢掠
南京大屠杀惨案
三十万同胞流血
血雨腥风民族危亡
抗日烈

多少恨
今犹昨
多少债
难忘却
重蹈覆辙
日右翼猖獗
招鬼魂参拜靖国
解禁自卫欲扩军
战云烈
血债要血偿
誓灭贼

注：为纪念中国人民抗日战争暨世界反法西斯战争胜利70周年而作。

回望 Huiwang

人生情怀

却顾所来径

人生如浮云
归来霜染鬓
岁末思流年
却顾所来径

心　路

出门行万里
晚岁方始归
心平路亦平
休为白发悲

Huiwang 回望

归思

桥过山河险
路走天涯远
今日归故里
荣辱付苍天

人生

世路风雨多
人生几次搏
一代又一代
代代梦如歌

感　悟

山一程　水一程
忙忙碌碌度人生
风一程　雨一程
世间悠悠万千情

春萌秋萎换草木
青丝白发转年轮
斗转星移人已非
心怀淡泊守宁静

荣辱得失付烟云
微风吹散不留痕
抓住时光莫虚度
留点精神励后人

离　家

明月照山林
欲作离别情
父母掩离愁
乡亲来送行

手捧通知书
金榜上题名
此去千里外
追梦赴京门

离　京

北国已飞雪
南疆菊正开
离京赴边寨
情系彩云来

跨出学府门
雄心腾沧海
丹心向人民
挥笔展智才

社会大课堂
知识如烟海
老九爱祖国
天地抒情怀

熔　炉

竹子泥巴建土房
木头架子作睡床
朝迎薄晓上山坡
晚送夕阳下山岗

扛起铧犁去耕田
脱下鞋袜去栽秧
拿起锄头去种地
挑起箩筐去担粮

汗水裹满泥土香
知识跟着禾苗长
劳动熔炉炼思想
社会才是大课堂

汶川大地震

汶川发地震
全国都揪心
中央发号令
军民齐上阵
脱胎换新骨
人间有真情
建设新家园
灾民感党恩

瞻仰毛主席遗容

天圆地方坐中央
绿树青松合四方
巍峨殿宇述春秋
纪念堂前红旗扬

伟人静卧纪念堂
心怀崇敬来瞻仰
千秋伟业铸丰碑
巨星光辉耀东方

哀悼父母

逝世噩耗惊我心
摧肝肠断泪纵横
云涛无语诉哀伤
江河欲泪哭悲情

离家奔波数十载
未在膝下尽孝顺
临终未能到跟前
泪洒长天憾终生

哀悼三弟

三弟与我同根生
病魔疾顽夺生命
英年早逝天不公
血脉深情痛我心

追　悼

哀乐声声摧人心
千行泪水似雨横
此时一别成永远
天涯遥遥路无垠

昔日风雨同舟渡
今日阴阳两隔分
万事如水东逝去
不知何日是归程

注：2008年11月30日夫人追悼会作。

天伦之乐

落叶归根恋蜀山
鬓须斑白怡养年
此生垂暮无奢求
儿孙满堂已心安

盘溪河边

高山青　绿水长
盘溪河边洗衣裳
流水不忘人不忘
天地悠悠空茫茫

黑　流

夜把我的健康驱赶
失眠尤如黑流泛滥
静静聆听夜的呼吸
睁着眼睛等待明天

闲　居

山涧听松风
幽林览露凝
往事如流水
此生无悔恨

清高不合流
晚岁居闲林
每当忆旧时
亦会常自省

警钟长鸣

反腐倡廉得民心
贪官污吏现原形
苍蝇老虎一起打
国泰民安江山稳

警钟长鸣时时敲
知微杜渐防滋生
中华龙舟劈激浪
国强民富龙飞腾

归 雁

鸿雁志在蓝天上
山高水远不迷向
纵然飞去千万里
归巢依然是故乡

山 居

青城山幽空气新
云雾深处有居人
林间小路自来去
闲卧山庄数河星

九九重阳

锦城菊花香
芙蓉三秋忙
九九重阳日
豪情赋诗章

注：2015年9日21日重阳节作于成都。

日　子

日子跟着太阳走
青春跟着泪水流
功成名就悲白发
向晚红霞抹西头

乡　情

青山脚下有梯田
小河岸边是家园
村前村后绿树绕
屋前屋后面菜园

金色田野稻麦香
瓦屋顶上冒炊烟
青草坡里放牛羊
小溪山涧淌清泉

坦胸露背庄稼汉
泥腿子上卷裤管
村里姑娘爱唱歌
帅气小伙会耕田

走南走北走世界
乡情乡音没有变
那方水土那方人
永远在我心里面

良缘逢中秋

中秋十五月轮满
吉日高照逢良缘
双喜临门福满堂
月圆家圆心亦圆

注：作于2013年9月19日。

墓志铭·题父母墓碑

一生农作辛劳稼穑
躬耕田亩披星戴月
风雨江河不畏暑寒
克勤克俭持家兴业
养儿育女含辛茹苦
家教家风承继祖列
老实做人诚实做事
恪守本分一生清白
泪洒长天痛书文碑
喻嗣不忘千古永垂

示儿孙六首

（一）

做人要诚信
做事要勤奋
吃得苦中苦
方能不输人

（二）

见利勿伸手
做人要干净
莫向曲中求
直中自有品

（三）

交友须谨慎
谦和得人心
动怒失涵养
遇事多冷静

（四）

夫妻要恩爱
对家要忠贞
风雨同舟渡
家和万事兴

（五）

名利不足取
平淡才是真
心态要平和
健康值千金

（六）

威武不能屈
贫贱不能移
做人有骨气
高风天不欺

寥　落

浮生飘飘万里路
风雨拼搏几十年
两袖清风归来时
寥落无人访门前

归　蜀

处世坦直且孤傲
唯唯诺诺从不搞
人际不遂归蜀山
凛凛清风自逍遥

鸟语花香入诗文

远离繁嚣居山门
读书写作抒闲情
青山绿水洗吾心
鸟语花香入诗文

慰　藉

寒风摇落窗外叶
翩翩飞舞像蝴蝶
站在窗前看重岭
淡淡青山是慰藉

贺容二爸六十寿诞

寒冬未尽春光生
借得春风贺诞辰
六十春秋人未老
一树青松望南秦
虽见头上生白发
但听脚下步履轻
莫道人生太短促
要留青山碧水清

注："一树青松望南秦"，意思是寿比南山不老松。最后两句意思是人的生命虽然短暂，但留下的精神如青山不老，如碧水长清。

山乡情怀

天上下着小雨
地上满是泥泞
小狗汪汪地叫
朝我们这群陌生人
小鸡自顾自地啄食
一点不理会我们

山坡上有几间农舍
周围是菜地和竹林
农民的房子很简朴
农民的生活很清贫
但这里却山美水清
这里的人纯朴热情

我不爱洋房
爱农家的木屋土墙
我不爱洋装
爱山乡的土布衣裳
我不爱灯红酒绿
爱田野的泥土芳香

我不爱酒楼茶坊
爱乡间的溪流水塘

冬的思绪

大雁向南飞走了
生动变得荒芜了
树叶脱落凋零了
流水被冰冻住了

寒流赶走了鸿雁
冰雪驱散了温暖
荒芜抛弃了绿叶
凋零忘记了春天

大自然不可阻拦
生命也得轮回转
寒冷凋零的冬季
年轮又多了一圈

丽苑春色

春满涪江水色清
李白故里人杰灵
江城道边杨柳绿
丽苑春色看不尽

劝友人

抱怨人生不称意
暮年未能有大立
知足长乐顺四时
莫为功名累自己

朋旧成陌生

落叶无好景
落泊无人问
见面似不识
朋旧成陌生

写我读我

从清晨到日落黄昏
从青丝到霜染发鬓
泪水跟着欢笑同行
挫折和着成功前进
一路追索一路兼程
写了启程写了结局
一读再读泪水沾襟
青春短暂仓促人生

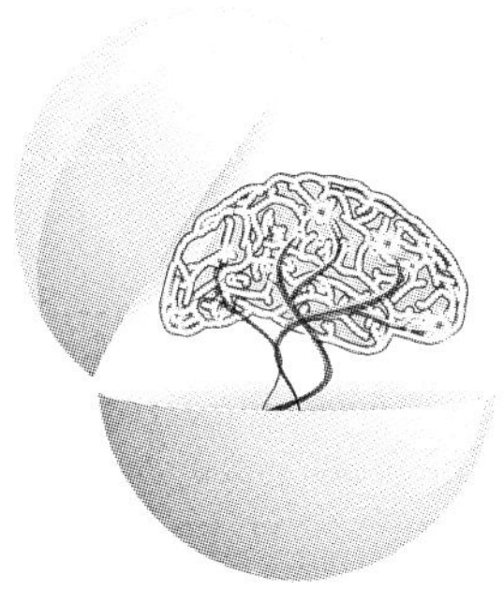

脑的功能

一座思想的加工厂
让感知在这里酝酿
一片浩瀚的海洋
让智慧在这里徜徉
一座辉煌的宫殿
让灵感在这里闪光
一张复杂的图表
让未知在这里设想
一架耸立的云梯
让梦想从这里飞到天上

山　花

山里一枝花
扎根黄莲垭
沐浴风和雨
贫寒中长大
不与竹比高
不与梅争俏
香自花中来
悠然柴门家

难以忘却的记忆

一位大娘
背着背篓
拄着棍子
衣衫褴褛
一头白发
满脸风霜
每天走在大街上
没有目的
没有方向
她的背篓里空空的
什么也没有装
手里拿着的那只土碗
装满了她乞求的目光

冬天特别地寒冷
北风呼呼地刮着
树叶被无情吹落
只剩下光的枝条
街上的人也少了
显得有些凄清荒凉

她面无表情

目光呆滞

脸色发黄

她慈祥地看着我

就像看见自己的孩子一样

她的眼睛里闪着泪光

她也许想起了什么

想到了自己的家

想到了自己的孩子

她不时地抬头向远处张望

又过了些日子

街上没有了她的身影

我到处去找

找遍了大街小巷

却再也没有看见她

也不知她去了哪里

后来才知道她走了

去了很远很远的地方

冬　夜

天晚灯火暗
风冷浸衣寒
名落亲朋疏
力衰友人远

夜来渐少睡
月半起坐寒
青丝成白发
青春不复年

泪 别

目光呆滞视线不清
认不出来探视的人
大家眼睛对着眼睛
默默相望没有吭声
心里有太多的话语
已化作泪别的伤情
那一夜她永远睡了
睡得那么香甜宁静

注：2009年11月26日夫人逝世周年祭作。

金河谷哀挽

深秋天气寒
金河谷含咽
冷雨如泪落
哀乐声悲天
此时一为别
孤魂万里远
生者当节哀
逝者息九泉

注：老首长高鹏飞夫人杨芝兰不幸病逝，2014年11月8日哀悼之作。金河谷位于成都西部的温江区，是其所居住的社区。

蝶恋花

悟

屋前青竹滴露珠
秋雨微寒庭院梧桐疏
清风不解小巷孤
寒气穿帘入户枢
夜来小屋光微明
伴我灯下独思人生路
萧疏斑白方有悟
天涯何人听嗟呼

回　首

不堪今日夜
回首那日晚
风寒透衣冷
彻夜难入眠

五更降恶噩
万唤难回天
转瞬阴阳隔
九霄信不传

注：作于2009年11月26日。

清明祭

燕子南去何日归
夕阳西下几时回
醇风苑里祭故人
香烛流尽千滴泪

注：作于2010年清明节。

自　怜

一抹夕阳度西岭
万籁俱寂天色冷
夜来萧萧风浸被
秋风不怜客自怜

注：作于2010年中秋节。

寒风带走了你

那阵寒风带走了你
我站在寒风中哭泣
你在天国我在大地
遥遥无垠数千万里

一去不回永无消息
望断云霄九天不语
人海茫茫我自来去
天地悠悠何处寻觅

注：作于2012年11月26日。

过大年

门前灯笼亮着红光
屋里腊梅飘着清香
桌上摆满鸡鸭鱼肉
春晚盛会闪亮登场

月亮洒落一片银光
风儿拉着柳丝摇晃
爆竹彻夜响个不停
欢乐的心飞到天上

碾　子

一轮明月挂巴山
巴山脚下人语喧
打谷场上真忙碌
碾子跟着牛儿转

又是一个丰收年
颗颗谷粒金灿灿
鞭儿甩得啪啪响
哈哈打得溜溜圆

耕　牛

踏着艰难的脚步
耕犁坚硬的土地
喘着沉闷的粗气
耙着水田的沼泥

鞭子驱赶它前行
它是劳役的奴隶
无力耕田耙地时
它被无情地抛去

生命的季节

冬天从冰雪消融的田洼去了
春天带着暖阳从柳河边来了
江岸的杨柳孕育了一些新芽
山上的草木长出了嫩绿青苗
小鸟也从巢里飞翔出来歌唱
田野的土地吸收丰饶的养料
人们脱下厚实而沉重的冬装
在生命的季节向着春天奔跑

老花镜

挂在鼻梁的老花镜
是峥嵘岁月的象征
中间拱凸边沿凹平
是放大瞳孔的眼睛

藏在玻璃后的双目
已布满了岁月留痕
虽被深度镜片遮住
依然闪着固执坚韧

眼镜总架在鼻梁上
像航海时的指南针
镜片背后的黑眼珠
依然透着正大光明

春的迎接

河流唱着歌儿迎接我们
青山捧出绿叶欢迎我们
迎春的花儿向我们招手
醒来的土地向我们欢呼
我们将会记住这些风景
把它写进我们的诗篇里
春天用温暖迎接了我们
我们要用耕耘为春壮行

栽秧人

人在秧田心在云
栽下悠悠一片情
我托白云捎个信
问声辛苦栽秧人

回　乡

明净山泉透凉爽
绿色秧苗飘清香
瓦屋顶上冒炊烟
游子眼里闪泪光

注：2015年5月于故乡杨家岩。

等　待

月光洗山林
虫儿吟琴声
小屋亮油灯
等待夜归人

天边流白云
窗外吹寒冷
五更归来时
东方已黎明

注：小时候我常见母亲在夜晚的油灯下等待父亲捕渔归来，有时直到天亮，此为当时情景有感而作。

孤 儿

空中落下一片叶子
掉在篱笆墙的外头
它像被抛弃的孤儿
让人禁不住泪水流

照 片

看着一张张发黄的老旧照片
就像打开了回忆过去的门窗
它像百宝箱一样把记忆收藏
那流逝的人生已装进了相框

健康的心

正直的人不走歪门邪道
健康的心不怕犬吠惊扰
睡自己的觉让犬去叫吧
过自己的日子别去计较

冷　清

人行道上摇曳斑驳月影
冷风轻轻撩动我的衣襟
路边池塘蛙声此起彼伏
这夜像荒草地一样冷清

自省吾身

岁月增　添年轮
耳乏聪　目欠明
容颜衰　霜染鬓
步履缓　思维钝
夕阳暮　逐西岭
争时日　强健身
有所为　有所乐
莫虚度　不枉生

祝福佳颖

合家喜　万福临
枝叶茂　开新景
添佳颖　龙凤呈
天天好　平安顺
送祝福　万里程

注：为2014年外孙女佳颖在美出生送祝福。骥川佳颖，一儿一女，一龙一凤，枝叶繁茂，家旺福临，兴甚而作。

万里传视频

万里传视频
令我很开心
佳佳在长大
学舞摆动身
音乐来伴奏
节拍跳得准
哥哥在旁观
妹妹更起劲
屋里藏猫猫
展翅笑盈盈
妈妈给拍照
严肃对视频
语言很丰富
吐字也更清
乖巧逗人爱
阖家蓬荜生
姥姥在天上
灵慧佑儿孙
姥爷送祝福
龙凤耀祖门